# 내가 너에게 있는 이유

이희주 시집

시인동네 시인선 222

이희주 시집

# 내가 너에게 있는 이유

시인동네

시인의 말

본질이라는 말, 실존이라는 말
그리고 일자라는 말과 타자라는 말에 대하여
나는 일종의 쾌감을 갖고 있다.
그것은 가령 노을처럼 저녁이 되면 번져오는
당신들에 대한 사랑과 연민 같은 것이다.

그렇게 나는 고요하다.

2023년 12월
이희주

# 차례

## 제2부

## 제3부

## 제4부

제1부

# 봄날은 간다

사무엘 베케트는 '고도'에 대하여
"내가 그것을 알았더라면 작품 속에 썼을 것이다"라고
말한다
나도 동감한다
꼭 어떤 대상이 있어야만 하는 건 아닐 것이다
그냥 기다리듯이
삶 자체가 그렇듯이
그가 누군가가 아니어도 상관없지 않을까
그렇게 봄날은 간다

# 어른 김장하*


나는 앞모습보다 먼

뒷모습이

더 아름다워야 한다고 생각했다

내 앞만 쳐다보던 사람보다

뒷모습을 바라봐 주는 사람이

더 소중했던 까닭이다

세상을 걸어가는 굽은 등이

얼마나 따뜻한지

그 어르신의 뒷모습을 보게 되었는데

그때부터 감히 내 등에도

낮에는 찔레꽃 한 송이 피고

밤에는 작은 별 하나가 돋았으면

하는 것이다


---

*MBC경남에서 2022년 말일과 2023년 첫날 2부작으로 방영한 휴먼 다큐멘터리. 1944년 경남 사천 출생으로 50년간 한약방을 운영하며 번 돈으로 평생 나눔을 실천했던 김장하 어르신의 숨겨진 일대기가 알려지면서 진정한 시민의 스승으로 사회에 큰 반향을 일으켰다.

## 전어나 우리나

　가을 저녁 전어를 먹으러 갔다 꼴뚜기와 달리 밴댕이와 달리 이름이 점잖은 바닷고기 구운 것을 가시째 씹어 먹으며 이 냄새에 집 나간 며느리가 돌아온다고 머리를 통째로 씹어 먹는 샐러리맨들 그 튼튼한 이빨과 맞먹는 고소한 폭력의 맛 소주 한 잔에 목마른 하루가 저물고 수산시장 비린내마저 취기에 휩싸일 무렵 유유히 수족관 속을 헤엄치고 있는 저 전어 그 반짝이는 비늘이 우리들 살갗 같은 가을 아득한 바다에서 잡혀 와 칼을 맞거나 불에 타거나 좌우지간 스스로의 운명을 알지 못할지니 어쩌나 전어나 우리나

# 캔맥주를 마시며

결국 구겨지는구나 그는 손아귀에 힘을 주었다
늘 강건하고 싶었다 매끄럽고 반듯하고 싶었다

이등병 계급장을 달고 부동자세로 실려 가던 여름날
전방의 어느 소도시를 지나며 덜컹거리는 수송 트럭에서
그는 처음으로 차가운 맥주를 생각했다

언제나 목이 말랐다 퇴근길 집 앞 편의점 파라솔 밑에서
매일 맥주 한 캔을 마시며 갈증을 달랬다

회사에서 부장 타이틀을 단 날 그는 아내의 전화를 받았다
학비도 물가도 다 올랐어 더 좀 보내줘
그는 승진했다는 말을 하지 못했다

명퇴자 명단이 발표됐고 그는 약간의 목돈을 생각하며
한 뼘 파라솔 밑에서 캔맥주로 허기를 달랬다

결국 이렇게 부서지는구나 그가 주먹을 쥐자

캔맥주 알루미늄 껍데기가 뿌지직 찌그러졌다

아내는 딸과 함께 미국에서 영영 돌아오지 않았다

## 우리 동네 갈빗집

주차관리 할아버지가 보이지 않는다
빨간 막대를 들고 이리저리 주차 자리를 지정해 주던
할아버지가 며칠째 보이지 않는다
초록 조끼를 입고 노란 모자를 쓰고
오라이 오라이 스톱을 외치시던 할아버지
휴가를 낸 것일까 해고된 것일까 어디가 아픈 것일까
차들이 삐뚤빼뚤 소란한 갈빗집
언젠가 꿈에서 본 듯한 그 할아버지가 보이지 않는다

# 늦가을

길바닥에 나뒹구는 저 낙엽들도
한여름에는 햇빛을 막아주는
푸르고 푸른 나뭇잎이었다

바람에 고개 숙인 저 국화꽃도
노오란 미소로 창가를 지키던
누군가의 애타는 그리움이었다

힘겹게 건널목을 건너는 저 할머니도
한때는 산들바람 같은 여인이었다
불그스레 수줍은
우리들의 꽃 같은 누이였다

# 불온한 산책

산책은 불온하다
강을 걸으며 폭동에 대해 생각한 적이 있었지
높이 나는 새들도 있었지
진부한 이미지이지
이제 강물이나 새나 그것들은 그저 나에게서
멀어져 가는 것일 뿐이다
모과나무 익어가는 모과를 보며
나는 결실을 생각하지 않는다
결별을 생각한다
짐 가득 실은 리어카를 끌고 가는 노파를 보며
나는 굳이 쫓아가 밀어주지 않는다
레깅스를 입고 앞서가는 여자 엉덩이를 보며
나는 굳이 씩씩하다고 생각하지 않는다
그저 바라다볼 뿐이다
저기 주인 따라 공원을 걷는 개
옛날에 개사과라는 말이 유행한 적이 있었지
왕이 되고 싶어 손바닥에 王 자를 쓰고 다닌 자가
대통령이 되었다는 전설이 있는 나라

아, 산책은 불온하다

걸으면 걸을수록 내가 사는 나라가 슬프다

# 유지에게

유지하다의 유지가 영어로 yuji야?

예쁜 이름이네

그렇다면 사기 치다의 사기는 sagi인가?

열 받으면 확 깨버리는

혹시 기만이라는 뜻을 알아?

그냥 giman이라고 쓰면 되는가 보네

조작은 jojag이고

와우~ 잉글리쉬가 이렇게 쉬울 줄이야

하긴 단어도 성형하면 되지 뭐

그러니까 영부인은 youngbuin일 뿐

First Lady는 뭔지 모르겠다는 거잖아?

gomap고 kamsa해

땡큐베리머치야

# 정

정이라는 말에는 슬픔이 배어 있다
갈등도 다툼도 증오도 모두
슬픔의 자식들이다
슬픔을 사랑하지 않고는
그 무엇도 사랑할 수 없다
많이 슬플수록
더 많이 용서했다는 것이다
더 많이 정이 들었다는 것이다

# 샹송을 틀고

알아듣지 못하겠어 그냥 느끼는 거야
넌 내가 난해하니?

니시미야 쇼코*는 청각장애인이었지

춤을 춰봐 발놀림이 현란할수록 넌 부풀어 오를 거야
오랜만이야 다다
그가 돌아온 밤 별들은 밖에 있었다

누 떼가 강을 건널 때 누가 가장 흥분될까?
숨은 것들, 보이지 않는 것들

새 한 마리 그려줄까? 새들은 이빨이 없어
스탠드 등 하나 샀어 빛은 묻지 않아
빨간색 스피커도 하나 사야겠어
소리가 얼마나 사악한지 꼼꼼히 살펴야 해

밤 12시 16분 유방과 자궁의 기운에 대해

장풍득수(藏風得水)를 꿈꾸며 샹송을 들으며

그냥 고개를 끄덕거리며

멜랑꼴리 그녀의 목소리에 밑줄을 그으며

---

※일본 애니메이션〈목소리의 형태〉여주인공 이름.

# 봄의 섭리

어느 시인*은
봄이 혈관 속에 시내처럼 흘러
돌돌 시내 가차운 언덕으로 온다 했고
어떤 시인*은 논밭 일하는 손들이 어영차
봄을 끌어당긴다 했다
또 어떤 시인*은
죽은 땅에서 라일락을 키워내고
봄비로 잠든 뿌리를 깨운다 했고
또 어느 시인*은
꽃가루와 같이 부드러운 고양이의 털에
고운 봄의 향기가 어리운다 했거늘
그러나 어찌하랴
나에게는 올해도 어김없이 봄은
슬그머니
내 왼쪽 중지와 약지 발가락 사이
무좀, 그 가려움증으로 오고 있으니

---

*윤동주/안도현/TS 엘리엇/이장희.

# 젊음

그게 무엇이든
늘어지지 않고 탱탱하게 솟구쳐
붙어 있는 것

# 밝은 암살

잠깐 사이 밀사가 다녀갔다
나에게 내민 한 조각 밀서가 있었다
암호를 해독하니 이름이었다
나는 총알 하나면 충분하다고 고개를 끄덕였다
밀사가 돌아가고 나뭇잎은 고요했다
고양이는 낡은 소파 밑으로 들어갔고
금 간 유리 창문은 창살을 부여잡고 있었다
나는 난생처음 배호의 돌아가는 삼각지를 틀었다
싹 다 불태워라
싹 다 불태워라
BTS의 불타오르네를 마지막 곡으로
슬리퍼를 신고 거리로 나섰다
그것은 나의 위장이었다
반바지를 입고 검정색 티를 입고 휴대폰을 손에 들고
누가 봐도 범인(凡人)처럼 어둔 거리를 활보했다
그것이 나의 알리바이이다
밀사가 다녀간 날이니까 오늘은 술을 마시기로 했다
축하할 일이다

내일도 내 좁은 창문으로 밀사가 찾아와

방바닥에 좀 더 길게 은밀한 암호를 남기기를

그리하여 나는 그 불꽃이 지워지기 전에

또 그자에 대한 암살을 도모하기를

반지하에서 기다리며 나는 총알을 꿈꾼다

# 저 여인

저 여인은 세상의 부침에 대하여
많은 것을 알 것이다
편견일 수도 있다
손님 곁에 앉아 웃고 노래 부르고 뭐
그런 삶이 그렇게
몹쓸 짓만은 아닐 것이다
나나 저 여인이나
세상살이 기쁨이나 슬픔은 같은 것이 아닐까
저 여인은 분명 세상의 굴곡에 대하여
더 많은 것을 알 것이다
편견일 수도 있다
그러나
세상을 견디며 살지 않는 사람들은 모르는
누군가에게는 절박함이 있는 법이다

## Boxer

.

복서를 꿈꾼 적 있었지

다른 아이들 주로 트레이닝복 등판에 KOREA를 붙이고 다닐 때 나는 BOXING을 붙이고 다녔지 두들겨 패려면 그만큼 두들겨 맞을 수도 있다는 것을 알았지만 챔피언은 항상 쓰러져도 다시 일어섰으므로 피를 흘려도 마지막엔 언제나 웃었으므로 너무 멋져 꾸었던 꿈

그게 진정 나의 꿈이 아니었을까?

그래, 나는 복서의 길을 걸었어야 했어 세상과 맞닥뜨려 깨고 부수고 맞고 쓰러지고 피 흘리고 일어나 또 덤벼야 했어 인생을 섣부르게 안 탓에 너무 빨리 꿈을 버렸어 순한 양이 되어 너무 일찍 세상에 잡아먹혔어 그런데도 아직 나는 없지 않고 있어

주먹 없이 우두커니

# 모독과 슬픔

모독은 슬픔을 낳고
슬픔은 궐기를 꿈꾼다

고교 시절 칠판에 아침이슬을 썼다고
내 따귀를 때린 그분
1986년 여름 지하철역 출구에서 책가방에
자유의 시인 김수영이 들어 있다고
나를 연행했던 그분
언론담당 직장 시절 술집에서
지 양말을 숨겨놓고 찾아내라 했던 그분
문의할 게 있다고 관청으로 불러
나를 세워놓고 지 용건만 얘기한 채
그만 돌아가라 했던 그분
아파 병원에 가 한 시간을 기다렸는데
지 얘기만 하고 다음 환자를 불렀던 그분

아, 이 모든 모독과 슬픔들아, 잘 건넜어
그냥 그런 분들 이제 그냥 보내주자

그분들을 모아 닮은 이 시대의 그분마저도

그냥 빨리 고이 보내 드리자

# 조짐

출근길 한 여자가 서 있다
근면한 집안의 처자임이 분명하다
이른 아침
혼자서 마을버스를 기다리고 있다
바빴을 텐데 흐트러짐이 없다
오늘도 한 여자 앞을 스쳐 지나왔다
조짐이라는 것이 있다
맨 처음 한 여자를 보고 하루를 시작한다는 것
살다 보면 우리가 가는 길에는
보랏빛 수국처럼
맑고 단정한 아침이 서 있을 때도 있다

제2부

## 슬픈 영화

일요일 오후, 식구들과 아버지를 주제로 한 영화를 보았습니다. 소리 없이 울었습니다. 영화관이 어두운 이유를 알겠습니다. 우리는 어두울 때 더욱 자극받습니다. 죽은 이도 슬프고 산 자도 슬프고 아, 나의 슬픈 아버지……. 근대사의 아버지들을 추억하며 영화 끝나고 총총히 복도로 나서는 길, 가족과 영화 보고 나가는 저 사람, 그도 알고 나도 알지만 눈빛만 나눈 채 서로 얼굴을 돌렸습니다. 중년의 사내들이 가족들 앞세우고 눈이 벌게 맞닥뜨리는 것을 허용하고 싶지 않은, 어느덧 나도 이 땅의 아버지가 되었습니다.

# 약한 자의 용서
—V에게

"강자가 약자에게 상처를 주기에는 너무 약해졌을 때
떠날 줄 알아야 하는 사람은 약자이다"
—밀란 쿤데라, 『참을 수 없는 존재의 가벼움』 중에서.

당신은 강자였다. 나보다 나이도 많았고 학벌도 좋았고 높은 자리에 앉아 돈도 훨씬 많이 벌었고 영리했고 술도 더 잘 마셨고 여자도 많았다. 그러나 사람은 누구 한 개인의 소속이 될 수 없다. 하여 일찍이 누구에게도 줄을 서지 않았으니 용서하라. 자기 사람이 아니라고 당신이 나를 지웠어도 내가 먼저 용서하겠다. 따지자면 내가 뭐라 할 아무런 이유도 힘도 없어 용서는 가당치 않은 말이다. 용서는 힘센 자들의 언어이다. 내 좁은 마음이 용서라는 말로 당신을 버리고자 할 따름이다. 니체식으로 말하자면 약한 자는 그렇게 또 약자가 되는 것이다. 그러하니 부디 나의 용서를 용서하라!

## 머리카락 물들이며

  아줌마가 자꾸 처다보았다. 나는 거울 속 적요하게 앉아 있
는 사람을 응시했다. 미용사가 그 사람 머리카락을 쓰다듬고
있었다. 염색약 냄새가 코를 찔렀다. 연륜이니 굳이 숨기지 말
라고 탈무드에도 색칠해 새것으로 보이게 하는 건 금지되어
있다고 아내가 놀리며 말했지만 흰 머리카락 늘어날수록 나
는 나를 물들이고 싶었다. 그것은 전의(戰意)와도 같은 것이었
다. 비닐캡을 뒤집어쓰고 미용실 좁은 의자에 앉아 물들여질
때까지 기다렸다. 불현듯 물들 염(染) 자가 생각났다. 일휘소탕
(一揮掃蕩) 혈염산하(血染山河)* 이순신은 왜적의 피로 산하를
물들이겠다고 했거늘 겨우 자기 머리카락 물들이려 저 사람은
아까부터 저렇게 미용실 거울 속에 집요하게 앉아 있다.

———————

*이순신 장군의 검명.

# Brand

식물을 키우기 시작하였다.

화분 하나를 책상에 갖다 놓았다. 이름은 모르는데 예쁘고 튼실하다. 건네준 사람조차 이름을 모르는 식물, 앵두 같은 일곱 개의 빨간 열매가 달린 식물, 물속에 잠긴 조약돌 틈새에 뿌리내리고 자라는 식물, 수생식물? 답답했다. 물을 줄 때마다 이름을 찾아주겠노라 다짐하였다. 가지마다 맨 끝에 세 개의 잎사귀를 달고 있다. 삼엽초? 그런 이름은 없을 것이었다. 식물에게 미안하였다. 가녀린 줄기가 길어야 20센티 정도인데 열매를 일궈 내다니 이건 분명 대단한 식물일 것이었다. 아무도 이름 모를 만큼 신비한 식물, 계속해서 새싹을 돋아내는 정력적인 식물, 박하나무 잎사귀를 쏙 빼다 닮은 상큼한 식물, 한 잎 떼어 냄새를 맡아보니 아무 냄새도 나지 않았다. 향기가 없다니? 어쩌면 그동안 냄새를 잃었을지도 모를 일이었다. 향기 없는 주인을 만났으므로 건조한 방, 세상의 향기를 취할 방법이 없었으므로 식물은 답답하고 억울해 미칠 지경인지도 모를 일이었다. 더더욱 식물에게 미안하였다. 갑자기 식물 하나가 생기면서 나의 번뇌가 깊어졌다. 이토록 답답한 사람과 살아가는 나날이 식물은 또한 얼마나 갑갑하고 짜증스러울까.

　나의 생활이 그러하였다.

# 따로 산다는 것

외동딸이 독립했다. 1톤 트럭으로 가는 짐이 따로 있고 내 차로 가져갈 짐이 따로 있고 아이가 직접 가져갈 짐이 따로 있다. 따로 있다는 것, 그것이 분별의 법칙이다. 이제 아이는 세대주가 되고 나와 아내는 당분간 쓸쓸할 것이다.

아이 혼자 사는 집, 자유롭고 외롭고 편안하겠지. 새끼 새들이 이소(離巢)를 할 때 생의 가장 큰 결단을 내리듯 아이도 무엇인가 큰 결심이 있었겠지.

내 눈엔 언제나 어린 사슴 같은데 너도 어느덧 어른이 되었구나. 어른은 파도와 바람과 눈부신 햇빛과 차가운 별과 화분속의 나무 같은 것. 때로는 아득하고 쓸쓸하지만 그래도 축하한다. 독립은 실존의 다른 이름이니까.

# 돌아오는 길

동해에서 돌아오는 길, 고속도로 휴게소에 들러 우동을 먹는다. 머리 하얀 사람 홀로 즐기는 늦은 점심. 이 먹먹한 쾌감은 무엇일까. 어제 주문진은 밤새 등댓불에 파도들이 잠을 설쳤고 나는 퇴직 후의 계획을 묻는 친구에게 그냥 고요해지는 거라고 말했다. 성의 없는 대답이었을까. 아닐 것이다. 스스로를 다독이며 우동을 먹다가 문득

직장에서의 마지막 퇴근길, 진정 이 길이야말로 이제서야 나를 내게로 돌아오게 하는 길이라고 스스로를 격려했던 그날을 생각한다. 여행은 돌아오기 위해 떠나는 것이라지. 따지고 보면 직장생활도 머나먼 여행이었어. 동해에서 돌아오는 길, 홀로 점심을 먹으며 나에게 나의 길을 묻는다. 용서하고 사랑하는 길, 버렸던 꿈을 되찾는 길, 온전히 나를 고요하게 만드는 길에 대하여

# 이제는 필요 없는

직장생활 시절 쓴 「명패를 닦으며」를 버린다

출근 의례처럼 아침마다 명패를 닦는다 간밤 명패에 쌓인
미세한 먼지를 닦아내며 스스로를 다독인다로

시작되는 시

오늘 하루도 내 이름에 흠결이 없기를 내게 용기와 신념을
북돋아 주기를 내가 나임을 자랑스러워할 수 있기를

바라던 시

헐렁한 양복의 신입사원으로 들어와 책상 위 명패를 둔 임
원이 되기까지 나름 바람 불고 서리 내리던 삼십 년 세월을

가늠해 보았던 시

내 신입 시절의 호기 어린 맹세를 되새기며 오늘도 입김 불

어 내 이름 석 자를 닦는다고 마무리했던

이제는 필요 없는 시

# 슬픈 질문

무슨 일 했는가 묻길래 증권회사에 다녔었다고 하니
자본주의의 꽃 아니냐며 돈 많이 벌었느냐고 묻는다
시를 썼다고 말하니 시를 읽어줄 사람이 있었겠느냐
시를 쓰다니 당신이 그럼 시인이었냐고 그가 묻는다

# 조약돌의 슬픔

홍천강에서 주워온 조약돌 하나
밤마다 좁은 방 책상 위에서 몰래 운다
작은 빛에도 눈물이 보인다
반짝이는 슬픔이 보인다

물살에 밀리고 부딪치고
비바람 눈보라에 시달리고 신음하면서
천년은 족히 수행해야 나올 법한 조약돌 하나

겨우 어둔 방 책상 위에 올려놓고
예쁘다 그 세월 가늠해 보려는 미약한 인간 하나
진작 부질없는 욕심 내려놓았어야 했다
내 것 아닌 세월을 탐하지 말았어야 했다

제자리를 잃은 세상의 수많은 조약돌들
같은 사람들 때문에
자꾸만 세계가 슬퍼지는 것이다

# 내 쓸쓸한 오두막

오늘도 내 숲에 찾아왔다. 아침이 되면 잠들었던 모든 영혼들이 안개처럼 살아난다. 숲은 적막하고 새들이 날 때마다 나무는 이슬에 젖은 몸을 털어낸다. 고라니 새끼 한 마리가 냇가에서 물을 마시고 어디론가 급히 뛰어간다. 아침이 왔다는 어미의 신호를 들은 것이다. 닭에게 모이를 주고 삶은 계란 두 알과 사과 한 알, 덥힌 우유 한 잔으로 아침 식사를 한다.

오늘은 내 쓸쓸한 오두막에 굴뚝을 하나 만들어야겠다. 내가 불을 지피면 하얀 연기가 하늘 높이 날아오르겠지. 누군가 멀리에서 그 연기를 보고 나의 안부를 챙길 것이며 숲은 장작 타는 냄새로 더욱 고요해질 것이다. 고요해진다는 것은 내가 더욱 적막해지는 것이며 비로소 귀가 맑아지는 것이다. 오늘도 내 마음의 숲 오두막에 그렇게 아침이 시작되었다.

# 그 집

남쪽으로 가는 기찻길, 차창 너머 해 지는 들녘 노을에 물든 집. 굴뚝에 피어오르는 하얀 연기가 사람들을 한없이 추억 속으로 빨아들인다. 이 무렵이면 어머니는 나를 불렀고 아버지는 불 지피던 아궁이를 벗어나 옷을 털곤 했다. 세 식구가 밥상에 둘러앉아 식사를 할 때 그 저녁은 따뜻했다. 밥을 먹을 때마다 어머니는 시집간 누이와 돈 벌러 간 형을 걱정했다. 밥 향기가 누군가를 그립게도 한다는 것을 나는 그때 알았다.

그 집에 가고 싶다.

# 불타는 동안

장작을 보면 아버지가 생각난다. 나무에는 결이 있다, 세상
도 그렇다. 늙은 아버지는 이른 가을부터 장작을 패며 겨울을
준비했다. 처마 밑 켜켜이 쌓인 장작을 보면 든든했다. 펑펑
눈이 내리고 세상이 고요할 때 타닥타닥 장작 타는 소리가 흰
눈 쌓인 집의 정적을 더했다. 나무들의 마지막 생애가 불타는
동안 온기에 끌려 동물들이 집 앞마당에 머물다 가기도 했다.
그렇게 불의 기운으로 우리는 겨울을 났다. 머나먼 불꽃이었
다. 아버지의 마지막 장작이었다.

# 감나무 한 그루

마을 이장이 감나무를 베어야 한다고 말했다. 여름이었고
큰 태풍이 온다고 했다. 아버지는 알았다며 이장을 돌려보냈
다. 아버지는 아버지가 태어나기도 전에 할아버지가 심은 나
무라고 했다. 어린 내 눈에도 나무가 늙어 보였다. 조금만 세
게 바람이 불어도 삭정이가 마당 여기저기 떨어졌다. 나무 중
턱에는 썩어 파인 주먹만 한 구멍이 있었다. 거기에 새들이 살
고 있다. 저 새들이 떠나면 그때 베어야겠다. 나무는 가까스로
태풍을 견뎠고 지붕은 무사했다. 새들이 떠났는데도 아버지는
나무를 베지 않았다. 매년 새가 찾아왔고 나무는 버텼다. 내가
감나무를 보며 얼굴도 못 본 할아버지를 떠올릴 나이가 되자
아버지는 세상을 떠났다. 유품을 정리할 때 어머니가 우리 형
제들에게 저 감나무도 베어버리라고 했다. 우리는 말없이 감
나무를 베었다.

# 단풍나무와 어머니

오래된 감나무에 튀밥처럼 감꽃 터지던 무렵 서울로 유학 가며 집 마당에 단풍나무 한 그루 심었지. 열다섯 살, 아버지 어머니를 떠나 오십이 넘기까지 나 대신 단풍나무가 항상 집을 지켜주었지. 객지의 어린 아들이 보고 싶을 때도 군에 간 아들이 그리울 때도 아들이 부장으로 승진했다는 연락을 받았을 때도 어머니는 단풍나무 쓰다듬으며 눈물 훔치셨다는데…… 사무침은 한이 되는 것일까. 어느 날 황망하게 세상을 등지신 어머니. 장례를 치르고 며칠 지나 주민등록 말소를 하고 나서던 동사무소 문밖에서 나는 그만 꺽꺽 흐느끼고 말았지. 문득 어머니 보고 싶을 때 이제는 내가 텅 빈 고향 단풍나무 찾아가 고운 잎 한 장 한 장 어루만지고 있지.

# 그 시절 그 친구

초등학교 입학식 날 민호를 처음 알았다. 선생님이 아이들 이름을 부르는데 모두 '예'라고 할 때 민호 혼자만 '네'라고 우렁차게 답했다. 운동장에 모인 촌사람들이 일제히 민호를 쳐다보았다. 민호는 그렇게 데뷔했다. 훗날 민호는 묻지도 않았는데 나에게 아버지가 시켜서 그랬다고 고백했다. 민호 아버지는 미군 군무원으로 언젠가 미군부대가 있는 우리 마을에 들어왔다. 민호 아버지는 마을 사람들에게 자신을 가수를 꿈꾸던 사람이라고 소개하곤 했다. 사람들은 당신이 가수면 나는 나훈아라며 믿지 않았다. 그런데 지역 노래대회 때마다 민호 아버지가 1등을 차지했다. 그때부터 사람들은 민호 아버지를 사기꾼이라고 했고, 프로는 아마추어 대회에 나오면 안 된다며 아예 콩쿠르 참가를 막아버렸다. 그러던 어느 해 미군부대가 철수를 했고 민호 아버지는 쓰러졌다. 어린 장남 민호는 아버지를 잃고 홀로된 엄마와 우리 마을에 남았다. 이제는 민호도 우리처럼 배고프고 어렵다는 것에 대해 알게 되었다. 우리들의 친구가 되었다.

## 국밥집에서

중년의 딸이 아버지를 찾아왔다
시장 한 켠에서 생선을 파는 늙은 아버지는
국밥에 소금 간을 하며 딸에게도 소금을 건넨다
말없이 국밥 먹는 소리가 벌써 먹먹한데
들리는 대로 들어보니
그만 헤어지고 집으로 들어오라 하는 아버지
딸이 눈물을 훔친다
나는 서둘러 술잔을 비우며
어서 자리를 떠야겠다고 생각한다
국물을 남기고 나서는 시장통 국밥집
사연 없는 사람이 어디 있을까만은
늦은 점심의 한가한 국밥집
하늘만 속절없이 해맑다

# 그녀는 누구였을까

시애틀에 가면 가끔씩 그녀가 있다
하얀 연기 내뿜으며 가슴 깊이 위스키를 마시는
그녀의 뒷모습을 보면
전생에 전갈이었을 것 같아
언뜻 뒤돌아보게 되는

그녀의 눈빛에는
유혹 같은 독기가 서려 있다
쿨하게 살고 싶었을 그녀의 목마른 생애가
Bar 유리창 깊은 어둠 속에 잠길 무렵
술 취한 남자들 사이를 지나
담뱃재 털듯 자리 털고 가버리는

그녀는 누구였을까

# 한 삽

한 삽씩 흙을 뿌렸다.

그렇게 우리는 한 사람의 생애를 땅에 묻고 돌아왔다. 아내는 계속해서 흐느꼈지만 운전대를 부여잡고 나는 그게 인생이라고 말했다. 갑자기 쏟아지는 빗줄기가 차창에 부서져 눈을 흐리게 했다.

엄마는 늘 흐리게 살아왔어, 나는 그게 슬퍼……

나는 그게 인생이라고 한 말을 후회했다. 누구도 타인의 인생을 그거라고 말할 수 없다. 아내의 하얀 저고리에 고요히 번지는 눈물, 나는 그게 시리도록 눈부셔 앞만 쳐다보아야 했다.

제3부

# 문득

콩나물에 물을 주다가 문득, 비좁고 캄캄한 시루 속에서 안간힘으로 부대끼며 어떻게든 고개 들고 살아가는 콩나물들을 내려다본다

콩나물에 물을 주다가 문득, 아스파라긴산을 몸에 품고 서민들 밥상의 무침이 되거나 속 쓰린 사람들의 해장국이 될 그들의 헌신에 대해 생각한다

콩나물에 물을 주다가 문득, 산다는 것이 꼭 치열해야 하는 것인지 누군가를 위해 헌신해야만 하는 것인지 이 세상 시루 속 지치고 쓸쓸한 당신을 들여다본다

## 딸기라는 이름으로

맨 처음 누가 저 붉은 것에게
딸기라는 이름을 지어 주었나
가령 별이라든가 이슬이라든가 꽃이라든가
혹여 딸기는
다른 이름을 갖고 싶어 하진 않았을까
붉고 달고 촉촉한 것이
누군가의 혀를 닮기도 했는데
혀라고 이름 붙이면 안 되었나
생리기간을 딸기주간이라고 하는 나라도 있다는데
그냥 생리라고 하면 달거리라고 하면 안 되었나
옛말에 씨가 달이어서 달기가 됐다가
딸기로 바뀐 것이라는 말도 있던데
그냥 지금까지 달기로 부르면 안 되었나
왜 저 수줍은 살점들은 딸기로 태어나
딸기라는 이름으로
내 가슴을 쿵쿵거리게 하나
내게 처음으로 유두를 보여준 딸기밭
여린 그 여자를 그립게 하나

# 은미

강(江)을 너에게 준 적이 있었지
가난했던 시절
시집 한 권을 선물로 건네며
좋아한다 말하고 싶었지
결국은 말하지 못하고
가슴속에 묻어두었던 말
다시는 꺼내지 못했지
세월이 흐르고, 네가 그리울 때
후회했지
사랑한다면 혈서라도 썼어야 했다는 것을
가슴속에 있다는 것은 다 부질없다는 것을
보여주지 않는 사랑은 사랑이 아니라는 것을
은미, 네가 그리울 때
나는 이미 너무 멀고도
오래된 남자가 되어 있었지

# 사이

　너와 나 사이에 사이가 있다라고 쓰고 싶었는데 이미 누군가*는 "사람들 사이에 섬이 있다" 했고 또 누군가**는 "사람들 사이에 사이가 있었다"라고 썼다 그러니 내가 "너와 나 사이에 사이가 있다"라고 쓰면 시 좀 읽었다는 사람들이 그건 표절 아니냐 질타할 것이고 나는 내 뜻과 무관하게 표절 시인이 될 터이다 기성 시에는 '사람들 간의 사이'라고 했고 나는 '너와 나 사이'라고 한 만큼 주어가 다르니 표절이 아니라고 우겨봐야 나는 무명이고 저쪽은 유명이니 무명과 유명 사이만큼 내가 먼저 목을 꺾어야 할 터이다 그러니 자존심 강한 나는 그냥 알아서 고쳐 쓴다 너와 나 사이에 사이가 있다가 아니라 너와 나 사이에 '아무도 모르는' 사이가 있다라고, 그 사이에 흐르는 강물과 석양처럼 너와 내가 있다라고

---

*정현종 시인.
**박덕규 시인.

# 그 나무 의자

벤치에 앉아본 적이 언제였나

그 나무 의자에 앉아
보들레르를 펼쳐본 적이 언제였나
지빠귀 울음소리를 듣고 라일락 향에 취해
엄마 손잡고 아장아장
작은 지구를 걸어가는 아기를 바라본 적이
언제였나

벤치는 늘 그 자리에 있는데
나비만 한 마리 앉아 있는데
그 의자에 앉아
장미꽃 한 송이 들고
그 사람을 기다려 본 적이 언제였나

# 사랑이라는 말

1.
사랑이라는 말이 당신에게는
그저 발음에 불과하겠지
돈이 되지 않으니까
육체만 있으면 그만이니까
사랑이라는 말이 당신에게는
그저 기표에 불과하겠지
별 도움이 되지 않으니까
쓸모도 없어 보이니까
그냥 아무렇게나 뇌까려도 된다 싶겠지
사랑이라는 말이 당신에게는 그저
벗은 몸으로 보이겠지
늘 덮치기만 했으니까
당신은 그저 그런 사람이니까

2.
당신이 '사랑'이라는 말을 사용해?
더러워

당신이 내뱉은 사랑이라는 말

나는 그 말을 오래오래 소독할 거야

그리고 마스크도 씌울 거야

당신이 알아보지 못하도록 모자도 씌우고

장갑도 끼우고 체력도 키워서

그래서 나는 사랑을 복수라는 말

아니 정의라는 말로 바꿔 부를 거야

마침내 당신에게로 보낼 거야

당신에게 보내 당신이 아무렇게나 사용하는

그 말을 모조리 몰수할 거야

사랑은 원래 해 지는 저녁

화끈한 서부의 총잡이였었어


3.

당신은 어찌어찌 살아가겠지

이제 나는 사랑을 그림자라고 할 거야

당신이 만지지 못하도록

그리고 강철이라고 부를 거야

당신이 절대 부수지 못하도록
그리고 나는 온돌이라고 부를 거야
당신은 전혀 모르는 은둔의 언어
한겨울의 온돌이라고 부를 거야
그리고 마침내 햇살이라고 부를 거야
당신에게는 너무 눈부시고 뜨겁겠지
그런데 햇살은 그냥 따뜻한 거야
밝고 맑은 거야 착한 체온 같은 거야
당신만 모르는 세상의 숨결인 거야

# 구석

철 지난 화분처럼 빈 꽃병처럼

먼지 쌓인 책더미처럼

유폐된 침묵처럼

구석에는 무언가가 있다

모서리를 싫어하듯 각진 구석도 싫어

애인은 떠났는데

의미 없는데 의미 있는 것처럼

무엇인가 세워 두어야 할 것 같은

내 마음속 빈자리

# 벽

너와 나 사이에 벽이 없었다면
나는 너를 사랑하지 않았을 거야
하나의 비밀쯤, 하나의 다른 마음쯤
있어야 하지 않을까
누구나
마음속, 오두막, 한 채 있듯이

# 몸

너에게 줄게

순결한 솜처럼
가난한 습기도 버림받은 눈물도
떠나보낸 사랑의 슬픔도 다 흡수하다 보면
바람이 불어도 날리지 않고 폭우가 쏟아져도
더 이상 젖지 않을 거야

이미 찬바람이 지나갔고
슬픈 물이 가득 배인 몸

너에게 줄게

# 오래되고 낡은 노래

홍대 앞에서 술을 마셨다
지나가는 젊음들을 눈부시게 바라보았다
동(動)한다는 것
살아 있음의 증좌다
'오래되고 낡은 노래'라는 이름의 카페에서
오래되고 낡은 신청곡을 들으며
지는 해처럼 술을 마셨다
이름 속에 노을이 눈부신 곳
나는 오지 않을 그 사람을 기다리며
깊은 우물 속으로 빠져들었다
그리운 나의 날들이 웅크리고 있는 곳
동굴처럼 어두울수록 좋을 것이다

## 미야자키에서

일본 남단 바닷가 파도 소리 벗 삼아
달빛 아래 나 홀로 맑은 술 따르는 밤
불현듯 네가 그리워 문자를 보내느니

잘 자라 그대
푸른 쓸쓸함이여
아득함이여

# 내가 너에게 있는 이유

너 그거 아니?

벽돌의 운명은 무너지는 데 있어
쓰러질 일이 없다면 세울 필요도 없었겠지

유리잔이 가냘픈 것은 깨질 운명 때문이야
너의 입술이 위태로운 것처럼
오늘도 바람이 불었겠지 나는 보지 못했어
흔들리는 꽃잎을 본 거야
넌 간지럽듯 즐거웠을 거야

부서지지 않으면 파도가 아니지
내가 언제까지 어디까지 다가가 쓰러질까?

너의 젖가슴에서 무너져 줄까?
물새들이 발자국을 남긴 그 모래 해안에서
물새들의 문장(紋章)을 읽으며
나도 모래처럼 모래 속으로 사라져 줄까?

그래, 뜨겁게 네가 핥으면 돼

그래서 내가 너에게 있는 거야

# 가을비

나뭇잎들 후드득 설레는 아침
비가 내리네
세상이 적막하고 촉촉하니
나도 비가 되어
그대의 뒤뜰에 내리고 싶네
내가 빗방울이라면 이미
그대 가슴속에 젖어들었을 것을
내가 물감이었다면 이미
그대 마음속 벌겋게 물들였을 것을
가을비 내리는 아침
세상은 그저 아득하고
그대는 아직도 고요하기만 하네

# 감꽃 필 무렵

감꽃 목걸이를 만들어 학교에 갔다

영희에게서는 벌써 감꽃 향이 났다

두근거리고 부끄러웠다

학교에서 돌아와 엄마에게 주었다

목에 걸어보며 엄마가 좋아했다

6학년이 되자 영희는 전학을 갔고

심심할 때마다 나는 툇마루에 앉아

톡, 톡 감꽃 떨어지는 소리를 들었다

## 그리움 하나만

한때의 세찬 깃발도 바람 불지 않으면 정처 없이 외롭습니다. 나는 지쳤습니다. 호시탐탐 변방을 꿈꾸며 살아가고 있습니다. 마음 바꾸기는 쉬워도 행동으로 옮기기 어려워 매일매일 스스로에게 항거하기에도 이제는 힘겹습니다. 양의 극에서 음이 깃들고 음의 극에서 양이 깃든다고 했나요. 주역식으로 말한다면 요즈음 나는 헤매고 있는 한 마리 들개입니다. 태풍한설이 몰아쳤으면 좋겠습니다. 모든 길이 뚝 끊겼으면 좋겠습니다. 애당초 그대에게 가는 길이 없었으면 좋겠습니다. 그리하여 그대 향한 그리움 하나만 가슴에 품겠습니다.

# 그대의 품속

저녁기도처럼 그대가 나를 기다리는 동안
나는 정처 없이 흘러흘러 어느 포구에 다다랐다

내가 강물이었을 때 그대는 흰 새가 되었고
내가 한 마리 새였을 때 그대는 나무가 되었고
내가 나무였을 때 그대는 바람이 되었다

내가 바람이었을 때 그대는 비탈진 언덕이었고
내가 비탈이었을 때 그대는 분홍빛 들꽃이었고
내가 들꽃이었을 때 그대는 포근한 안개였었다

그 안개 속에서 내가 울면 누군가 나를 다독여 주었는데
나는 그가 누구인지 알지 못했다

정처 없이 흘러흘러 내가 어느 포구에 다다랐을 때
세상에 흐르는 모든 것들이 내게 다가와
비로소 나는 그대의 품속을 기억하게 되었다

# 근심의 근심

근심이 혼자 있고 싶다고 한다
나는 바람을 쐬면 좀 나아질 것이라고
함께 산책을 나가자고 한다
근심이 기침을 하며 창밖을 바라본다
떠나고 싶은 걸까
나는 갑자기 먹구름처럼 초조해진다
마침내 근심이 일어난다
외출복으로 갈아입고 마스크를 쓰고 나간다
근심은 밖에서 누구를 만날 것인가
그냥 바람 속을 걷다 돌아오겠지
혹여 근심이 돌아오지 않을까
따라오지 말라는 근심을 억지로 따라 나선다
근심이 무엇을 근심하는지 모르는 근심
나는 걱정스럽게 근심의 발걸음을 따라
더 깊은 근심 속으로 향한다
근심이 설레설레 고개 저으며 멀어져도
행여 놓칠세라 죽어라 쫓아간다
아, 오늘도 근심이 나를 근심한다

제4부

# 종점

나는 주로 변두리에서 살았다
흐린 외투 하나 걸친 바람
민들레 꽃씨 후후 불며 서성이던 곳

사람들은 그곳을 종점이라고 불렀으나
나에겐 그곳이 곧 출발점이었다

이별도 만남도 다 같은 것이었다

밤차를 타고 돌아와
다음날 아침 또다시 떠나는
종점은 내겐 늘 새로운 시작이었다

돌이켜보면 눈물도 같은 것이었다

# 매

꼭대기에 산다고 힘주지 마라
결국 너도 바닥을 향해
몸을 던지지 않으면 살 수가 없지
너의 삶이라는 것이
피식자를 덮쳐
발톱과 부리에 피 묻히는 일일 뿐
가녀린 짐승의 털을 헤치고
살갗을 찢어 내장을 파먹는
너의 삶이라는 것은 그저
꾸역꾸역 삼켜 대는 일일 뿐
날 선 부리와 날개를 가졌다고
으스대지 마라
그것들은 네 욕망의 도구일 뿐
결국 너도
바닥을 향해 몸을 던져야 하는
한 줌 흙이 될
슬픈 몸뚱어리에 불과할지니

# 전진

산을 오르다
문득 개미 한 마리를 본다
개미는 마냥 두리번거리며
기어 다니기만 한다
기어 다닌다는 것
그러나 개미에게는 그것이 당당한 삶이다
내가 저 낮은 세상에서
기지 않으려고 몸부림칠 때
낮과 밤을 무릎 세워
말처럼 질주하고자 할 때
개미는 묵묵히
제 길을 찾아 전진하는 것이다

# 밑바닥 깊숙이

밑바닥에 넙치가 산다

우리가 광어라고 이름 부르는 물고기
살아서도 바닥에 바짝 엎드리고
죽어서도 살점으로 도륙돼 접시에 납작 엎드려 있는
넙치가 모래 속에 몸을 묻는다

언제나 밑바닥 생활이었다
치열했다 조직이라는 것은
연고도 파벌도 없이
홀로 간다는 것은 더욱 그런 것이다

모든 신경을 곤두세우고
모래 색깔로 몸을 바꾸고

납작하게 몸을 진화시켜 오면서
절대로 굴욕적이지 않게
누구보다도 치열하게 한세상 살아가고자

오늘도 넙치의 부단한 생애가

바다 밑바닥 깊숙이 도사리고 있다

# 가로등 불빛 아래

늦은 밤 공원 운동기구에 올라 휙휙
발을 휘젓고 있는 남자
어디론가 멀리 떠나고 싶었는데
늘 제자리에 머물러 있다
이따금 서걱거리며 사람들이 지나가고
바람은 나뭇잎을 덮고 잠든다
남자가 발을 저을 때마다
수줍은 그림자가 큰대자로 흔들린다
주어진 시간에 켜지고
주어진 시간에 꺼지는 가로등
평생을 한자리에서 명멸해 왔다
문득 세상이 적막한 것은
밤하늘 보이지 않는 은하수 때문이라고
샹송 같은 가로등 불빛 때문이라고
남자는 휙휙 허공에 발을 저으며
깊은 밤을 혼자 걷고 있다

# 저 사람

언젠가 나는 저 사람 곁을 지나갔을지 모른다
저 사람의 시선이 길을 건너고 있을 때
나무 그늘 아래 한 여자가 서 있고
일상은 그렇게 고요히 지나갔을지도 모른다
바람이 깃발과 나뭇잎 사이를 지나가듯
세월은 흔적 없이 지나간다 길 건너
저 사람은 지금 무엇을 흘려보내고 있는 것일까
이 세상의 저렇게 수많은 저 사람들 사이
정처 없는 슬픔 하나가 서성이고 있다

## 늦은 나이

내가 있는지 없는지 모르고 살아왔다
퇴직을 하고
이제 늦은 나이가 되어서야 세상 누구에게도
굽실거리지 않는 사람이 되었다
그 누구도 나를 간섭하지 않는 허전함이 있겠으나
돌이켜보면 삶은 언제나 쓸쓸했다
드디어 아무도 나를 찾지 않으니
비로소 내가 여기에 이렇게 있음을 알겠다
이제 산책을 나갈 시간이다

# 질서

사람들이 하나둘 나를 지운다
더 이상 돈벌이를 못하는 사람이니
호젓한 명분과 뜨뜻한 언어로
나의 체면을 살피며 조용히 떠난다
아니, 내가 떠나보낸다
늙어 상처 입으면 아무는 데
더 많은 시간이 필요할 것이다
그것이 질서이다
미리 혼자가 되면 될 일이다

# 아, 하루

시간을 헤아리지 않았는데 하루가 저문다

가령 오후 네 시에 나를 찾아올 사람도 없어 세 시부터 행복
해지기 시작할 일도 없는데* 벌써 저녁 일곱 시가 되었다고 한
다 별로 관심도 없는 뉴스를 들으며 아내가 차려준 저녁밥을
먹는다

강아지 밥그릇에 사료를 따르며 아내가 내일은 언니랑 약
속이 있다고 한다 내일은 내가 밥을 챙기겠다고 다짐한다 대
통령 집무실을 드나드는 개에 관한 소식을 TV 기자가 씨불어
대고 있다 또 밤이 왔다 내일이 올 것이다

오늘 하루 86,400초의 시간 동안 나는 무엇을 했나 아침 점
심 저녁이면 충분한데 세상은 왜 이리 잘게 부수려 드는지 구
분은 가름을 낳고 가름은 편을 만들고 편은 다시 너의 시간과
나의 시간을 만들고 시간이 필요 없는 나는 어디에도 속하지
못하고

지금이라고 말하는 순간 과거가 되는 우리들의 미래 참으로 바쁜 당신들 거친 숨소리들 속에서 급하게 저무는 아, 하루

---

＊생텍쥐페리, 『어린 왕자』에서 차용.

# 발

너도 나의 소중한 몸이거늘

거친 세상으로부터 늘

나를 지탱해 주었거늘

한겨울 철원 최전방

동상 걸려 썩어가던 발가락의 고통도

다 네가 견뎌냈거늘

얼굴과 달리 손과 달리

박박 비누로 힘껏 씻어주지도 않고

보습제 한번 정성껏 발라주지 않는

나는 그저 너를 홀대만 하며 살아왔구나

그래도 나와 한 몸이라고

세상 펄펄 뛰어다니고 싶은 꿈 모두 접고

오늘도 내 몸 가장 먼 곳에서

묵묵히 소임을 다하는

발, 너야말로 진정 나였던 것을

# 바람의 세월

나는 태풍을 좋아했지
무엇보다도 내가 그 거센 바람 속에 서 있다 보면
뜨거운 그들의 중심을 느낄 수 있었는데
그때 나는 그들의 내밀한 곳을 보았던 것이지

태풍은 왔다가 그냥 가는 것
나무가 쓰러지고 지붕이 날아가고
세상이 무너져 내리는 것 같았어도 결국
다 지나간 일들이었지

영화 〈허리케인〉이나 〈폭풍 속으로〉나
사랑도 반항도 다 바람이었지

쓰러트려도 파도처럼 다시 일어서는
나, 비록 침묵해도 언제나 태풍에 맞설 수 있음을
내 몸속 깊은 세포들은 알고 있지
내가 바람을 포섭한다는 것
바람의 세월을 관통해 가는 방법이었던 것이지

# 나무 2

바람에 맞선다
맞선다는 두려움이 나를 키웠다
외로움과 슬픔들에게도
감사한다
흔들리는 세월
그들은 나의 동지였다
뿌리 깊은
세상의 모든 고통들이
나를
반듯하게 일으켜 세운다

## 하류(下流)


주로 힘없는 자들이 떠내려가는 곳
상처 입은 영혼들이 북적거리는 곳
갈대와 물새들이 서성이며 마중 나와 있는 곳
노을이 슬며시 다가와 수줍게 손 내미는 곳
누구라도 한 번쯤은 그 손 잡아야
먼 바다에 다다를 수 있는 곳

# 침묵의 형식

옷장에 양복이 걸려 있다
넥타이도
와이셔츠도 조용히 자리를 잡고 있다
한때 바빴던 주인 따라 덩달아 바빴던 형식들
그 속에 몸담고 살아왔던 세월들

이제는 다 안다는 듯
여여히 그러하다는 듯
지긋이 눈감고 쉬고 있다

# 나무 3

새봄에 움튼 순정도
한여름에 창궐했던 푸른 결기도
가을에 불태웠던 마지막 사랑도
툴툴 털어버린 맨몸의 나무들
언 땅에서
다음 봄을 도모하고 있는 겨울나무들
뿌리 깊은
나의 형제들

## 너의 새벽

그런 것이야
바닥이 있어야 튀어 오를 수 있는 것이야
추락이 아니라 도약이야
밤이 있어 아침이 오는 법이야
불타는 저 노을을 봐
석양은 지는 것이 아니라
다시 솟구칠 내일을 준비하는 것이야
그런 것이야
너의 지금 말고 너의 바깥을 봐
너의 새벽이 그런 것이야

# 정처 없는 슬픔을 바라보며

임지훈(문학평론가)

세상은 어지럽다. 우리의 속도와는 무관하게 세상이 흘러가기 때문이다. 꿈을 이루기 위해 노력하던 삶도 정신을 차려보면 어느새 살아남기 급급했던 지난날이 되어 있다. 세상은 모두 미래를 향해 가는 것만 같은데, 나만 제자리인 것 같은 기분. 사실은 제자리에 머무는 것조차도 힘겨운 마음. 세상을 사는 방법을 나만 모르는 것만 같지만, 딱히 토로할 사람도 주변에 남아 있지 않다. 모두가 나에게 바라는 것은 하소연 따위가 아니라 책임감이라는 것을 알고 있기에, 토로할 사람 없는 기분은 자꾸만 마음속에 쌓여만 간다.

하지만 그건 나만의 문제는 아닐 것이다. 늦은 밤 반짝이는 노포와 포장마차에서 혼자 술잔을 기울이는 사람들, 혹은 보지도 않으면서 틀어놓은 TV 불빛을 안주 삼아 홀로 잔을 들이키는 사람들. 도시의 밤을 수놓는 혼자만의 불빛과 반짝이는 술잔들. 어쩌면 도시의 사람들은 모두 혼자라는 사실을 받아들이기 위해 오늘도 술잔을 들이키곤 거친 숨을 토해내고 있는지도 모른다. 이희주의 시집『내가 너에게 있는 이유』는 그렇게 반짝이는 불빛을 닮아 있다. 커다란 도시의 북적이는 인파 속에서 혼자라는 사실을 곱씹으며 서로 다른 시간을 살아가는 사람들처럼, 이희주의 시적 화자는 혼자라는 사실을 오래도록 곱씹고 있다. 그 속에는 과거의 후회도 있고, 현재의 사실도 있으며, 미래가 되길 바라는 희망도 스며들어 있다.

늦은 밤 공원 운동기구에 올라 휙휙
발을 휘젓고 있는 남자
어디론가 멀리 떠나고 싶었는데
늘 제자리에 머물러 있다
이따금 서걱거리며 사람들이 지나가고
바람은 나뭇잎을 덮고 잠든다
남자가 발을 저을 때마다
수줍은 그림자가 큰대자로 흔들린다
주어진 시간에 켜지고
주어진 시간에 꺼지는 가로등
평생을 한자리에서 명멸해 왔다

문득 세상이 적막한 것은

밤하늘 보이지 않는 은하수 때문이라고

샹송 같은 가로등 불빛 때문이라고

남자는 휙휙 허공에 발을 저으며

깊은 밤을 혼자 걷고 있다

—「가로등 불빛 아래」 전문

　　인용 시에서 화자는 공원에서 운동기구에 올라 발을 휘젓고 있는 한 남자를 바라본다. 화자는 그를 바라보며 그의 속내를 조심스레 풀어낸다. "어디론가 멀리 떠나고 싶"었으나, 끝내 "늘 제자리에 머물"게 된 사내의 주변으로 사람들과 나뭇잎이 스쳐 간다. 화자는 그런 사내를 오래도록 바라보며 그의 밤이 깊어가는 것을 지켜본다. 마치 그 남자가 자기 자신이라도 되는 것처럼, 그의 심정을 말하지 않아도 알 수 있다는 것처럼. 물론 우리는 그 남자와 시의 화자가 동일한 인물이 아니라는 사실을 알고 있다. 시에서 나타나듯 화자는 그런 그의 모습을 '나'라고 지칭하지 않으며 부러 "남자"라고 말하고 있기 때문이다. 그럼에도 화자인 '나'는 그의 심정을 손에 잡힐 듯 알고 있다. 그의 발이 앞뒤를 오가면서도 현재에 머물러 있는 모습이 화자에게는 결코 낯설지 않기 때문이다.

　　어쩌면 "남자"의 모습은 과거에 대한 후회와 미래를 향한 희망 사이를 오가면서도 현재에서 벗어날 수 없는 '나'의 현재에 대한 알레고리라고도 말할 수 있을 것이다. 그렇다면 그는 어떤 과거에 대한 후회와 어떤 미래를 향한 희망 사이를 오가고 있는 것일까. 다른 시를 읽어보며 그 사정을 헤아려보기로 하자.

> 언젠가 나는 저 사람 곁을 지나갔을지 모른다
> 저 사람의 시선이 길을 건너고 있을 때
> 나무 그늘 아래 한 여자가 서 있고
> 일상은 그렇게 고요히 지나갔을지도 모른다
> 바람이 깃발과 나뭇잎 사이를 지나가듯
> 세월은 흔적 없이 지나간다 길 건너
> 저 사람은 지금 무엇을 흘려보내고 있는 것일까
> 이 세상의 저렇게 수많은 저 사람들 사이
> 정처 없는 슬픔 하나가 서성이고 있다
>
> ―「저 사람」 전문

위의 시에서 화자는 타인의 시선을 따라가며 상상에 잠긴다. 상상 속 서사는 한 남자가 한 여자를 만나는 순간에 대한 상상이다. 그러나 상상은 오래도록 지속되지 못하고, 남자와 여자의 이야기는 세월에 밀려 사라져 버린다. 마치 바람처럼 상상마저 휩쓸려 지나게 하는 세월의 힘 앞에, '나'는 조금쯤 망연자실한 기분으로 다음과 같이 말한다. "이 세상의 저렇게 수많은 저 사람들 사이/정처 없는 슬픔 하나가 서성이고 있다".

하나의 인연이 세월에 밀려 현실의 뒷길로 떠밀려 가는 것이 그리 희박한 일은 아닐 것이다. 하지만 그 희박하지 않은 일이 인간의 마음에 남기는 상흔이란 결코 희박하지 않다고만은 말할 수 없을 것이다. 인간 전체에게는 보편적으로 일어나지만 한 인간의 내면에서는 특수한 작용을 하는 일, 그것이 바로 사람의 만남과 이별일 것이다. 그러한 의미에서 우리가 집중해야 하는 것은 이 보편적이고도 특수한 사실에 대해 "일상은 그렇게 고요히 지나갔을지도 모른다"라는 화자의 말이 아닐까 싶다. 그 익숙함에 속아 소중함을 잠시나마 잊을 때, 만남은 이별로 손쉽게 뒤바뀐다. 어쩌면 화자 또한 자신에게 일어난 그 보편적이고 특수한 상처의 시간을 이렇게나마 표현하고 싶었던 것은 아닐까.

어쩌면 시인이 이 시를 쓰게 된 이유 또한 그와 같으리라 생각해 볼 수 있을 것이다. 오래도록 한자리에 서성이는 한 사람을 바라보며, 그의 모습 사이로 과거 자신의 모습을 목격하는 일. 그리하여 그 모습으로부터 자신의 과거를 떠올리며, 그 내면을 언어화시키는 일이 위의 시가 가진 시적 구조의 함의라 할 수 있다. 하지만 이 작용에는 또 하나의 의미가 숨어있는데, 그것은 아무런 의미 없이 현재 속에 자리한 한 사람에게 서사와 의미와 내면을 만들어 주는 일이다. 도시 속 수

많은 인파들 사이에서 스치듯 마주치는 한 사람에게 그도 나와 같은 "정처 없는 슬픔" 하나쯤 품고 있으리라 여기는 일, 그것은 단지 동정이라 단정 지어 말할 수 없는 일이다.

가을 저녁 전어를 먹으러 갔다 꼴뚜기와 달리 밴댕이와 달리 이름이 점잖은 바닷고기 구운 것을 가시째 씹어 먹으며 이 냄새에 집 나간 며느리가 돌아온다고 머리를 통째로 씹어 먹는 샐러리맨들 그 튼튼한 이빨과 맞먹는 고소한 폭력의 맛 소주 한 잔에 목마른 하루가 저물고 수산시장 비린내마저 취기에 휩싸일 무렵 유유히 수족관 속을 헤엄치고 있는 저 전어 그 반짝이는 비늘이 우리들 살갗 같은 가을 아득한 바다에서 잡혀 와 칼을 맞거나 불에 타거나 좌우지간 스스로의 운명을 알지 못할지니 어쩌나 전어나 우리나

—「전어나 우리나」 전문

위의 시는 수산시장에서 술잔을 기울이는 샐러리맨들의 일상을 포착하고 있는 시이다. 하루를 마감하는 시간, 술잔을 기울이는 사람들의 모습은 그들이 안주로 삼은 전어의 모습과 겹쳐지고 있다. 반짝임을 품고 있으나 알 수 없는 운명에 휘말려 끝을 맞이한 전어와 하루를 마감하며 술잔을 기울이는 사람들의 모습이 겹쳐질 때, 그 자리에서는 모든 존재가 필연

적으로 맞이하게 될 유한함과 그로부터 비롯되는 슬픔이 재생된다. 안주가 된 전어도, 그걸 먹고 있는 '우리'도, 스스로의 운명을 알지 못한다는 점에서 아무런 차이도 없다는 것이다.

이러한 광경 속에서 화자가 술잔을 기울이는 한 무리를 가리켜 '우리'라 할 수 있는 건, 그가 자신이 가진 그 "정처 없는 슬픔"을 통해 그들을 바라보고 있기 때문이다. 그들 또한 자신과 똑같은 내면을 소유하고 있으며, 한 무더기의 후회와 한 줌의 희망을 품고 있음을 알고 있는 것이다. 그러한 시선 속에서 시적 대상이 되는 "샐러리맨들"은 단지 소재에 불과한 단면적인 존재들로 머무는 것이 아니라, '나'와 같은 내면을 지닌 살아 있는 존재들이 된다. 자신이 지닌 슬픔으로부터 타인의 시간을 바라보는 일은 이처럼 단지 동정이라 재단할 수 없는 정서적 작용을 가능하게 만든다.

그렇기에 이 시집에서 시인의 눈에 포착된 인간의 모습은 한낱 인간사의 단면을 되풀이하기 위한 소재로 머물지 않는다. 그들은 '나'가 그러하듯 똑같은 슬픔을 지닌 존재들이며 그 속에서 정련된 복잡한 내면을 가진 다면적인 존재들이다. '나'가 그러하듯 그들 또한 결코 단순하지 않으며, 그 삶의 모습에 내재된 정서 역시 '나'만큼이나 복잡한 것이 타인의 존재이다. 그러한 의미에서, 이 시집에서 등장하는 '나'의 슬픔은 결코 혼자만의 것이 아니다. 그렇기에 이 슬픔은 화자를 자신의 내면으로 침잠하게 만드는 것이 아니며, 오히려 타인의 존재를 감각할 수 있게 만들며 자신의 눈에 비친 세상의 깊이를 체감할 수 있게 만드는 계기로 존재한다. 이를테면 이런 것이다. 오직 '나'만이 정처 없는 슬픔을 가진 것이 아니라는 것. 세상의 모든 존재들은 정처 없는 슬픔의 존재라는 것.

나는 주로 변두리에서 살았다
흐린 외투 하나 걸친 바람
민들레 꽃씨 후후 불며 서성이던 곳

사람들은 그곳을 종점이라고 불렀으나
나에겐 그곳이 곧 출발점이었다

이별도 만남도 다 같은 것이었다

밤차를 타고 돌아와
다음날 아침 또다시 떠나는
종점은 내겐 늘 새로운 시작이었다

돌이켜보면 눈물도 같은 것이었다

—「종점」 전문

그리고 이 정처 없음이란, 존재가 영원히 머물 수 있는 장소가 없다는 의미이기도 하다. 세상 속에서 인간이란 존재가 영원히 쉴 수 있는 장소는 오직 무덤뿐이므로, 모든 살아 있는 존재는 살아 있는 한 계속해서 세월에 휩쓸리고 시대에 떠밀리며 어디론가 나아갈 수밖에 없다. 그렇기에 누군가 종점이라 부르는 곳조차도 정작 그곳에 도착할 무렵이면 다시금 떠나길 반복해야 하는 시작점으로 되풀이되고 마는 것이다. 인간의 삶은 그렇게 끝이 시작으로 되풀이되기를 반복하며 거듭 나아간다. 그렇기에 인간의 슬픔은 '정처 없을' 수밖에 없고, 이 '정처 없는' 슬픔이야말로 인간의 증거라고 할 수 있을 것이다.

하지만 이 말은 우리가 살아 있는 한 영원토록 떠밀리고 휩쓸릴 수밖에 없다는 저주에 불과한 것은 아니다. 모든 존재는 그 끝에 이르는 순간에서도 다시금 출발할 수 있다는 것, 예컨대 삶이 끝나는 순간까지도 인간은 계속해서 미래를 향해 있을 수 있다는 것은 결코 저주에 불과하지 않다. 그 말은 곧 인간의 삶이 계속되는 한 자신의 운명을 뒤바꿀 수 있다는, 실현되지 않은 예언과도 같기 때문이다.

동해에서 돌아오는 길, 고속도로 휴게소에 들러 우동을 먹는다. 머리 하얀 사람 홀로 즐기는 늦은 점심. 이 먹먹한 쾌감은 무엇일까. 어제 주문진은 밤새 등댓불에 파도들이 잠을 설쳤고 나는 퇴직 후의 계획을 묻는 친구에게 그냥 고요해지는 거라고 말했다. 성의 없는 대답이었을까. 아

닐 것이다. 스스로를 다독이며 우동을 먹다가 문득

　직장에서의 마지막 퇴근길, 진정 이 길이야말로 이제서
야 나를 내게로 돌아오게 하는 길이라고 스스로를 격려했
던 그날을 생각한다. 여행은 돌아오기 위해 떠나는 것이
라지. 따지고 보면 직장생활도 머나먼 여행이었어. 동해
에서 돌아오는 길, 홀로 점심을 먹으며 나에게 나의 길을
묻는다. 용서하고 사랑하는 길, 버렸던 꿈을 되찾는 길, 온
전히 나를 고요하게 만드는 길에 대하여
―「돌아오는 길」 전문

　인용 시에서 화자는 퇴직 후의 계획을 묻는 친구의 말에 "그
냥 고요해지는 거"라는 의외의 답변을 내놓는다. 마치 선문답
처럼 보이는 이 문답 속에, 화자는 어떤 의미를 숨겨두고 있는
것일까. 고요해진다는 것은 대체 어떤 의미인 것일까. 화자는
이어지는 연에서 "여행은 돌아오기 위해 떠나는 것"이라고 말
하며 여행의 의미를 정의한다. 우리는 여행이란 일상으로부
터 멀리 떠나는 일이라 생각하지만, 사실 여행이 완성되는 것
은 그것이 다시금 일상으로 돌아오기 때문이다. 어쩌면 인생
이라는 것도 마찬가지라 말하고 있는 것이 아닐까. 우리는 인
생이란 늘 어디론가 떠나가는 것이라 생각한다. 하지만 반대
로 우리의 인생이 어딘가로 돌아가는 것이라면? 그렇다면 우

리 인생은 시간이 흐름에 따라 착실하게 자신의 본래 자리로 돌아가고 있는 중이 아닐까. 스스로로부터 갈수록 멀어지는 것이 아니라, 점점 더 스스로에게 가까워지는 일. 산다는 건 사실 그런 일이 될 수도 있는 것 아닐까.

중요한 것은 인생의 본질을 찾아내는 일이 아니다. 인생을 어떻게 감각할 것이냐는 주관의 문제이며 그것을 진실로 믿을 수 있는가라는 믿음의 문제가 된다. 화자가 말한 고요해진 다는 말의 의미가 바로 이것일 것이다. 자신이 가진 주관을 통해 삶을 다시금 역산하는 것, 그리고 그로부터 거머쥔 삶의 의미를 진실로 믿으며 사는 삶의 태도. 바로 그것이 고요해진 다는 일의 진실인 셈이다. 그렇다면 인간이라는 존재는 영원히 자신의 본질로부터 멀어져가는, 정처 없는 슬픔에 불과한 것이 아니다. 오히려 정처 없는 슬픔이란 고요해지는 길에서 우리가 겪게 되는 여행의 시련에 가깝다. 우리가 느끼는 슬픔이야말로 우리가 정녕 조금이나마 나은 존재가 되어가고 있다는 성장통인 것이다.

홍천강에서 주워온 조약돌 하나
밤마다 좁은 방 책상 위에서 몰래 운다
작은 빛에도 눈물이 보인다
반짝이는 슬픔이 보인다

물살에 밀리고 부딪치고

비바람 눈보라에 시달리고 신음하면서

천년은 족히 수행해야 나올 법한 조약돌 하나


겨우 어둔 방 책상 위에 올려놓고

예쁘다 그 세월 가늠해 보려는 미약한 인간 하나

진작 부질없는 욕심 내려놓았어야 했다

내 것 아닌 세월을 탐하지 말았어야 했다


제자리를 잃은 세상의 수많은 조약돌들

같은 사람들 때문에

자꾸만 세계가 슬퍼지는 것이다

—「조약돌의 슬픔」 전문


　그렇기에 화자는 고민하고 번뇌한다. 그리고 이 고민과 번뇌는 끝나지 않는다. 삶이란 종교에서 말하는 깨달음과 비슷하면서도 다른 것이라서, 한순간의 깨달음으로 인생이 모두 청산되지는 않기 때문이다. 깨달음 이후에도 삶은 지속되며, 우리의 번민은 계속된다. 마치 흐르는 강물에서 계속해서 깎여나가는 조약돌의 모습처럼. 그러니 둥글고 부드러운 조약돌이란 단지 그 태생이 둥글고 부드럽게 태어났음을 의미하지 않는다. 그것은 각진 조약돌보다 더 오랜 시간 강물의 흐름 속에 다른 존재와 부딪히고 휩쓸리며 스스로를 깎아나간 것이라는 사실을 의미할 따름이다. 마찬가지로, 고요해지는 과정이란 결코 한순간에 이루어지는 혹은 인간의 천성의 문제를 의미하지 않는다. 그렇게 되기 위해 거듭되는 고뇌와 번민의 시간을 거쳤으리라는 사실을 의미할 따름이다.

그렇기에 이희주의 시적 화자는 삿된 깨달음과 인생의 진리에 대해 설파하는 대신 고민하고 번뇌하는 자신의 모습을 보여준다. 혹은, 그렇게 도시 속 정처 없이 나뒹구는 슬픔의 모습을 보여주며, 그 모습에 자신의 가장 약한 모습을 되비춰 보여준다. 동정이라 단정 지을 수 없는, 외려 자신의 약한 모습을 드러내며 다른 존재가 가진 공통적인 슬픔을 그러안는 태도인 셈이다. 세상에 삿된 깨달음을 진리인 것처럼 이야기하는 사람은 셀 수 없이 많다. 다만, 그와 같이 스스로 번민하고 고뇌하며 함께 슬퍼하는 사람은 드물고 귀할 따름이다. 그 드물고 귀한 마음이 오래도록 이어져, 언젠가 고요해지는 순간까지 계속될 수 있기를, 그의 시적 여정이 오래도록 지속될 수 있기를 희망한다.

시인동네 시인선 222

# 내가 너에게 있는 이유

ⓒ 이희주

초판 1쇄 인쇄   2023년 12월 11일
초판 1쇄 발행   2023년 12월 18일
지은이   이희주
펴낸이   김석봉
디자인   헤이존
펴낸곳   문학의전당
출판등록   제448-251002012000043호
주소   충북 단양군 적성면 도곡파랑로 178
전화   043-421-1977
전자우편   sbpoem@naver.com

ISBN   979-11-5896-627-0   03810